Das Tigerauge

LISA-MARIE BLUM

Mit Illustrationen
von Milada Krautmann

THIENEMANN

Lisa-Marie Blum lebt als freie Autorin und Illustratorin in Hamburg. Neben zahlreichen Kinder- und Jugendbüchern, oft mit eigenen Illustrationen, schrieb sie auch Lyrik und Prosa für Erwachsene. Ihre Bücher wurden in mehrere Sprachen übersetzt und vielfach ausgezeichnet.

Bereits bei Thienemann erschienen:
Gruselchen

CIP-Titelaufnahme der Deutschen Bibliothek

Blum, Lisa-Marie:
Das Tigerauge / Lisa-Marie Blum. –
Stuttgart; Wien: Thienemann, 1991
ISBN 3-522-16670-1

Gesamtausstattung Milada Krautmann
Schrift Novarese
Satz Steffen Hahn in Kornwestheim
Reproduktion Die Repro in Tamm
Druck Gutmann + Co. in Heilbronn
Bindung Wilhelm Röck in Weinsberg

5 4 3 2

Inhalt

Kleine Katzen

Kleine Katzen,
die nicht schnurren,
niemals kratzen,
nie miauen,
spielen, beißen,
aber trotzdem
Kätzchen heißen?

So was gibt es nirgendwo!

Weidenkätzchen
heißen so.
Birkenkätzchen,
Erlenkätzchen.
Und am kahlen Haselstrauch
wehn die grünen
Kätzchen auch.

Vorfrühling

Ein Nest hoch oben im Eichbaum.
Rund und fest, wie eine Kugel.
Kein Vogelnest.
Ein spitzes Schnäuzchen schiebt sich heraus, schnuppert: Sonne, Wärme, blauer Himmel.
Mit einem Satz springt das Eichhörnchen hinaus auf den nächsten Ast. Den schaukelt der Wind hin und her.
»Laß das!« knurrt das Eichhörnchen. »Ich bin noch schwindelig von heute nacht.«
»Sei froh!« säuselt der Wind. »Singen, pfeifen, klopfen, pochen, wehen, orgeln, rütteln, schütteln, tanzen, laufen, fliegen, brausen macht mir keiner nach!«

»Brüllen und toben hast du vergessen«, keckert das Eichkätzchen erbost. »Oder war das Gesang, heute nacht? Sogar mein Nest wackelte. Beinah hättest du es abgerissen. Mein Fell sträubt sich jetzt noch.«
»Pühhh!« Pustend streicht der Wind über das rostrote Fell. »Aber die dicken Schneewolken hören ja nicht. Die haben überhaupt keine Ohren, faul, breit, bis oben platzend voll Schnee hocken sie da, rühren sich nicht.
Ohne Getobe, Schieben und Stoßen verschwinden sie nicht. Aber ich hab's geschafft. Und du hast blauen Himmel und Sonne. Freu dich lieber. Guck mal, die Buschwindröschen da unten, wie sie blühen. Die Sonne füttert sie mit Licht und Wärme. Nur wenn die Bäume kahl sind, werden

die kleinen Dinger satt! Du knabberst Eicheln und Nüsse. Die Buschwindröschen essen Sonnenstrahlen.«
»Sonne!« knurrt das Eichhörnchen. »Sonne kann ich nicht fressen.« Damit saust es schnell den Baumstamm hinunter und springt mit einem Satz über den Waldboden.
Nun hockt es vor einem kahlen Strauch. Scharrt und kratzt. Hat es hier im Herbst Nüsse vergraben? Es scharrt eifrig.
»Na«, murmelt der Wind schläfrig. »Hoffentlich ist es der richtige Platz. Meistens vergißt es, wo die Vorräte vergraben sind.« Gähnend streckt er sich aus. Schlafen, schlafen, er ist müde.

Ein Dach aus Wind, Sonne und Blättern

Bei jedem Windzug bewegt es sich. Wände aus dünnen Zweigen, Halmen, biegsamen Ästchen, fest verflochten. Alle Ritzen und Löcher verstopft. Außen herum noch ein graues Spinnennetz gewickelt, graue Flechten dazwischen geschoben. Und innen weich gepolstert mit Moos, Federn, Fellhaaren.
»Pink, pink«, zwitschert das Buchfinkenmännchen. »Unsere Kinderstube ist fertig!«
»Pinki, pinki!« antwortet Frau Buchfink. »Höchste Zeit, höchste Zeit!«
Schon sitzt sie auf dem grauen Nest. Kaum zu sehen in ihrem unscheinbaren Federkleid.

Am nächsten Morgen liegen vier Eier im Nest. Winzige grünblaue Eier. Mollig warm unter Frau Buchfinks Flügel-Federdecke.
Sie brütet geduldig. Tag und Nacht. Verhungert sie nicht? Nein! Unermüdlich fliegt das Männchen hin und her. Bringt seiner Frau Käfer, Würmer, kleine Schnecken, Samenkörnchen.
»Willst du nicht einmal umherfliegen?« fragt es besorgt. »Ich löse dich ab.«
»Nur einen Augenblick! Nur einen Augenblick«, zwitschert Frau Buchfink.
Viel Ruhe hat sie nicht. Kehrt bald zurück. Zu bunt leuchtet das Federkleid des Männchens.
Bussard, Wiesel, Eichhörnchen sind hungrig. Greifen sich, was sie kriegen können.
Aber alles geht gut.

Eines Tages zerbricht ein Ei nach dem anderen. Vier junge Buchfinken schlüpfen heraus. Sperren die Schnäbel auf. Schreien und piepsen: »Hunger! Hunger!«
Mutter und Vater fliegen unermüdlich hin und her. Immer neues Futter bringen sie herbei. Stopfen es in die gierigen Schnäbel.
Schnell wachsen so kleine Vogelkinder. Müssen sie ja. Müssen fliegen lernen. Selbständig sein, bevor der Herbst kommt.
Das Nest wird eng. Sie hüpfen auf den Rand.
»So macht man das. So!« zwitschern die Eltern. Flattern und fliegen um das Nest herum. Die Buchfinken-Kinder flattern und fliegen ihnen nach. Eines Morgens sind sie fort. Kehren nicht zurück.

Suchen sich ein Buchfinken-Weibchen
oder -Männchen. Bauen ein Nest.
Eine neue Vogel-Kinderstube.

Was fällt dem Kuckuck ein?

»Rotkehlchen! Der Kuckuck hat dir ein Ei stibitzt. Fliegt auf dein Nest, fliegt fort, das Ei im Schnabel. Fünf Eier hast du gelegt. Nur vier liegen im Nest. Wo bleibst du denn? Schau nach, schau nach!« rauscht der Haselbusch.
»Bin schon da«, zwitschert das Rotkehlchen, flattert zum Nest, schaut hinein.
»Du kannst nicht zählen«, piepst es. »Fünf Eier, keins fehlt! Und nun stör mich nicht, ich muß brüten!« Und schon hockt es breit plusternd auf den Eiern.
»Versteh ich nicht!« rauscht der Haselbusch. »Fünf weniger eins sind vier. Wo kommt das fünfte Ei her?«

»Kuckuck! Kuckuck!« ruft es im Wald. »Kuckuck! Meine Frau ist fleißig!«
»Schäm dich!« keckert das Eichhörnchen. »Bau dir ein eigenes Nest!«
»Wozu, wozu?« ruft der Kuckuck. »Rotkehlchen brüten gewissenhaft.«
»Du bist faul!« knurrt das Eichhörnchen. »Der Förster wird dich abschießen!«
»Denkst du! Denkst du! Wir helfen dem Förster. Haben keine Zeit, ein Nest zu bauen. Müssen Raupen fressen, dicke haarige Raupen. Kein Vogel frißt sie sonst. Schau dir die Kiefern am Waldrand an! Ratzekahl hat die Raupe vom Kiefernspinner die Nadeln abgefressen. Dicke behaarte Raupen. Uns stören die Haare nicht. Vertragen sie gut. Wir sind nützlich.«
»Gräßlich!« Das Eichhörnchen springt

auf den nächsten Ast. »Die vielen Nadeln pieksen doch.« Aber der Kuckuck ist schon fortgeflogen. Fünf Rotkehlcheneier, rötlich, fein gesprenkelt, liegen im Nest. Eins ist ein bißchen größer.

Rotkehlchen brütet. Viel Wärme brauchen die Eier.
Dreizehn Tage mollige Wärme. Dreizehn Tage und Nächte. Wie sollen sonst die Vogelkinder wachsen? Das Männchen sorgt für Futter. Seine Frau soll nicht verhungern.
Schon am zwölften Tag schlüpft das erste Vogelkind. Ein kräftiges Kind. Sperrt den Schnabel auf. Aufgesperrter Schnabel heißt: Füttern! Füttern!
Auch das Weibchen fliegt auf. Beide fliegen hin und her. Raupen suchen, Käfer, Würmer. So ein gieriges Kind hatten sie noch nie.
Kaum sind die Eltern fort, schiebt der junge Kuckuck ein Rotkehlchenei an den Nestrand. Schiebt es höher und höher. Platsch liegt es auf dem Waldboden.
Nun schlüpfen die drei anderen

Küken, sperren hungrig den Schnabel auf. Der junge Kuckuck drückt sie beiseite.
Die Vogeleltern kehren zurück. Nur ein großer roter Schnabel leuchtet ihnen entgegen. Das Signal! Füttern! Füttern!
Platz braucht der junge Kuckuck. Die kleinen Rotkehlchen hat er längst aus dem Nest geschubst. Die Rotkehlcheneltern sehen nur den gierigen Schnabel. Stopfen und stopfen alles hinein. Unermüdlich.
Und der Kuckuck wächst und wächst.
Das Nest wird zu eng.
Der junge Kuckuck hüpft aus dem Nest. Ein Riesenkind sitzt auf einem dicken Zweig. Läßt sich füttern von den winzigen Rotkehlchen. Fliegt eines Tages fort.
So ist das mit dem Kuckuck.

Der seltsame Zweig

Die kleine Meise wundert sich. Sie hat scharfe Augen. Saß da nicht eben eine Raupe am Birnbaum? Kroch langsam den Zweig hinauf? Natürlich, die kleine Meise hat es genau gesehen.
Aber auch die kleine Spannerraupe hat die Meise entdeckt. Die kleine dicke Raupe will einmal ein Schmetterling werden. Sie hat noch viel vor. Sie muß noch sehr wachsen. Die Meise darf sie nicht verschlucken. Gefahr! Die kleine Raupe spürt es sofort. Sie klammert sich mit den Hinterbeinen fest an den Ast. Dann richtet sie den Leib starr auf und streckt ihn aus. So sieht sie wie ein kleiner Zweig aus.

Die Raupe ist ein Zweig geworden, ein braunes Ästchen. Die kleine Meise guckt. Sie wartet. Nichts rührt sich. Die kleine Raupe bleibt starr und steif.
Die Meise schilpt, schließlich fliegt sie davon. Zweige! Nein, das ist kein gutes Futter. Zweige sind viel zu hart. Die kleine Raupe rollt sich wieder zusammen und kriecht weiter den Ast hinauf. Sie will ein Schmetterling werden. Und sie kann gut Theater spielen. Eine schlaue kleine Raupe.

Federball

Hoch am Stengel, weiß und prall
nickt ein runder Federball.
Samenschirmchen dicht bei dicht,
Löwenzahn Laternen-Licht.

Zupft der Wind mit losem Finger,
löst die hellen leichten Dinger.
Schweben Schirmchen überall.
Und der Wind spielt Federball.

Ostergeschichte

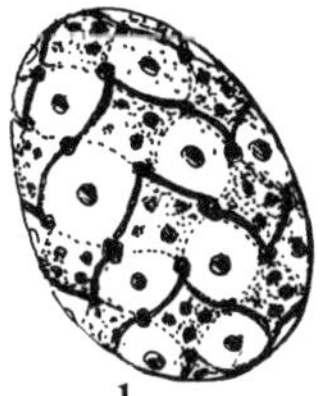

»Nachts kommt der Osterhase und versteckt viele Eier, ganz bunte, rote und gelbe, grüne und schwarze . . .«
»Braun, du Doofi!« verbessert Jonas.
»Braun?« fragt Henrike.
»Schokolade ist braun!«
»Ach ja.« Henrike holt tief Luft. Sie hockt auf dem Fensterbrett und sieht in den Garten hinaus. »Am liebsten eß ich Schokoladeneier. Du auch?«
Jonas sitzt am Tisch und liest. Er gibt keine Antwort. Er stopft sich Finger in die Ohren. Kleine Schwestern sind eine Plage. Henrike ist eine große Plage, vier Jahre alt und ein Fragekasten, ein Fragecomputer.
»Jonas!«
Er bohrt die Finger tiefer in die Ohren.

»Jonas! Und wenn ich nachts aufstehe, seh ich dann den Osterhasen? Seh ich, wie er Eier legt? Jonas, wie legt er die Eier? Sind die gleich bunt? Paßt du mit auf, Jonas?«
Henrike rutscht vom Fensterbrett und legt die Arme um seinen Hals.
»Hau ab!« wehrt er sich wütend.
»Aber wenn du mitkommst, graule ich mich nicht. Kommst du? Beißen Osterhasen?«
»Ja, in den Po! Und nun los, verschwinde!«
Henrike ist schon draußen. Daß Jonas schimpft, stört sie nicht. Manchmal ist er auch nett. Beim Schwimmen hält er sie fest und taucht sie nicht unter. Aber Jonas hat nicht so freundliche Gedanken wie die kleine Schwester. Er klappt das Buch zu. Er ist wütend. Die Eltern wandern jetzt an der

Ostsee am Strand entlang. Vielleicht mieten sie auch ein Segelboot. Und er? Er mußte mit Henrike zu Tante Doris aufs Land fahren. Schöne Eltern sind das, wollen ihn einfach los sein! Ein zehnjähriger Junge hat doch keine Lust, Ostereier zu suchen.
Hundertmal hat er Henrike erklärt: Hühner legen die Eier. Und die Schokoladeneier werden in der Fabrik hergestellt.
»Was ist eine Fabrik?« hat sie gefragt. »Legt der Osterhase die Eier in der Fabrik?«
Zum Auswachsen ist das.
Wo steckt sie nun wieder? Tante Doris ist ins Dorf gefahren zum Einkaufen. Onkel Hans kommt erst am späten Nachmittag aus der Stadt. Das alte Bauernhaus ist groß und hat viele Räume.

Der Schlüssel im Klo hakt. Wenn Henrike abschließt, müssen sie die Tür aufbrechen. Jonas hat das schon einmal erlebt, im letzten Sommer, als er mit den Eltern hier war. Stundenlang ist er damals mit dem Vater durch die Wiesen gewandert. Er konnte fragen und fragen. Immer wußte der Vater Antwort.
Vernünftige Gespräche waren das. Nicht so ein Affenkram, ob der Osterhase Eier legt. Onkel Hans unterhält sich ja auch manchmal mit ihm. Aber viel Geduld hat der nicht. »So, Junge, nun schalte mal den Fernseher an, Tagesschau! Kannst ja mitgucken.« Aber den Krimi nachher darf er doch nicht sehen.
Jonas geht ans Fenster. Groß ist der Garten, viele alte Bäume, ein breiter Holunderstrauch vor der Hecke.

Und mitten auf der Wiese vier Kirschbäume. Im Sommer hat er fleißig mitgeholfen beim Pflücken. Tante Doris? Kann man sich mit ihr vernünftig unterhalten? Nein, die spinnt genau wie Henrike. Außerdem malt sie. Verrückte Bilder, kleine Mädchen und Jungen in komisch altmodischen Kleidern. Und immer sitzt irgendwo auf dem Bild eine Katze. – Blöd!
Mensch, die Henrike!
Jonas läuft auf den Flur hinaus.
»Henrike!«
Er reißt die Klotür auf. Leer. Das Wohnzimmer, die Küche, nirgends eine Henrike. Die Treppe zum Oberstock hinauf. Das Schlafzimmer – leer. Die kleine Kammer, in der er mit Henrike schläft? Nichts! Also wieder nach unten.

Im Garten? Natürlich, wo denn sonst. Bestimmt hockt sie vor den Gemüsebeeten und redet den Mohrrüben zu, endlich rauszukommen, so was bringt sie fertig. Jonas läuft hinaus, über die Wiese, vorbei an den Kirschbäumen, dem alten Apfelbaum, um die Hecke herum. Wieder nichts.
Er rennt zurück. »Henrike!«
»Hier!« quietscht es.
Er fährt herum. Unter dem Holunderstrauch hockt sie.
Jetzt krabbelt sie auf allen vieren heraus. Gesicht, Hände, Pullover, Jeans, alles dreckig.
»Ich hab ein Loch gebuddelt, für den Osterhasen. Da versteckt er die Eier. Schreibst du mir einen Zettel?«
Sie blickt ihren Bruder erwartungsvoll an.
»Was soll ich?«

»Aufschreiben: ›Lieber Osterhase, hier ist dein Nest.‹ Den Zettel hängen wir an den Strauch. Dann freut er sich und braucht nicht zu suchen.«

Jonas schweigt. Er gibt es auf. Die wird noch mit sechs Jahren an den Osterhasen glauben.

»Sei nett zu deiner kleinen Schwester«, hatte die Mutter gesagt. Klar, er ist ja nett. Und aufpassen, daß sie nicht über die Straße läuft, will er ja. Aber vernünftig mit ihr reden? Das kann kein Mensch von ihm verlangen.

In diesem Augenblick taucht Tante Doris hinter dem Haus auf.

»Die Henrike muß unter die Dusche, aber eiskalt!« ruft er wütend. »Die redet nur Unsinn.«

Henrike kommt unter die Dusche, unter eine warme. Das Wasser rieselt so schön über den Bauch. Nachher

hilft sie Tante Doris beim Kuchenbacken.
Jonas will nicht. Backen! Mädchenkram! Auch Onkel Hans kann ihn nicht überzeugen, mitzuhelfen.
»Auch nicht Eier auspusten?«
»Was?«
»Du, das kann ich großartig. Flupps, witschen Eidotter und Eiweiß raus. Komm, ich zeig's dir.«
»Quatsch, Eier schlägt man einfach kaputt.«
»Ostereier nicht. Die braucht man noch.«
Aber das Auspusten macht wirklich Spaß.
Vorsichtig sticht er mit einer Stopfnadel ein Loch von oben und unten ins Ei. Gar nicht so einfach. Und nun pusten.
»Junge, hier über die Schüssel

beugen!« ruft Tante Doris erschrocken.
Henrike tippt vorsichtig auf die leere Eierschale.
»Holt die der Osterhase?« erkundigt sie sich.
Jonas stöhnt.
»Hast du Bauchweh?« Henrike sieht ihn mitfühlend an.
»Ja, von deinem Osterhasen. Und nun laß mich in Ruh!«
Zehn Eier liegen in der blauen Schüssel. Federleicht! Und keins zerbrochen.
»So, ich bin fertig!« Jonas bindet die Schürze ab und rennt nach draußen. Er braucht frische Luft. Wenn Tante Doris und Henrike heute beim Abendbrot wieder davon anfangen, schreibt er an die Eltern: »Ihr müßt mich abholen. Ich bin jetzt zehn Jahre, und hier ist es wie im Kindergarten.«

Ja, so wird er schreiben, das werden die Eltern einsehen.
Beim Abendbrot schwankt Henrike vor Müdigkeit. Tante Doris bringt sie zu Bett.
»Kannst dir nachher den Krimi ansehen, Junge«, sagt der Onkel beim Abwaschen. »Hast du Lust?«
»Klar!« Dafür hilft er sogar beim Abtrocknen.
Am nächsten Morgen fragt ihn Tante Doris, ob er mit ins Dorf gehen will. Natürlich will er. Er findet es schon lange verrückt, immer im Hause herumzusitzen.
Kalt ist es draußen. Aber der Frühlingshimmel ist klar und wolkenlos. Henrike rennt wie ein kleiner Hund immer voraus.
Frau Karbunke wohnt ganz am Ende des Dorfes in einem alten Strohdach-

haus. Zuerst sieht man es kaum hinter der großen Hecke. Die alte Frau erwartet sie in der offenen Haustür. Jonas betritt nur zögernd den dunklen Flur. Auch das Zimmer ist nicht viel heller. Durch die niedrigen Fenster fällt wenig Licht.
»Komm, komm!« Frau Karbunke winkt Henrike und öffnet einen Glasschrank. »Hier!« Sie gibt ihr eine bunte Schachtel. »Mach auf, Kind, du magst doch Kekse?«
Doch, Kekse mag Henrike immer.
Und dann sitzt sie neben Tante Doris auf dem altmodischen Sofa.
Für Tante Doris holt Frau Karbunke einen Wacholderschnaps.
Jonas bleibt lieber stehen. Na ja, einen Keks nimmt er auch. Wieder wird die Tür vom Glasschrank geöffnet, und nun stellt Frau

Karbunke einen runden Korb auf den Tisch – mit buntbemalten Eiern.
»Der Osterhase war schon hier!« ruft Henrike entzückt. »So schön kann der Osterhase malen?«
»Nein, nein, Kind, nicht der Osterhase. Das ist ein Märchen, ein schönes Märchen allerdings. Diese Eier hat meine Mutter bemalt, als ich so alt war wie du.«
»Nicht der Osterhase?« Enttäuscht blickt Henrike auf die bunten Eier.
»Nee, hörst du doch.« Jonas holt sich einen Stuhl. Endlich sagt mal jemand die Wahrheit.
Die alte Frau schüttelt den Kopf. »So nicht, Jungchen. Kann mir schon denken, wie das Märchen entstanden ist, früher, als die Menschen die Kälte und Dunkelheit im Winter noch mehr zu spüren bekamen.

Bei uns auf dem kleinen Hof in Mähren wurde die Stube nur an den Festtagen geheizt. Immer saßen wir in der Küche, und das Herdfeuer prasselte den ganzen Tag. In der Schlafkammer wuchsen die Eisblumen am Fenster, und morgens war das Waschwasser in der Schüssel gefroren.
Kannst dir wohl vorstellen, wie wir uns auf den Frühling freuten, wenn es morgens früher hell wurde und die Sonne den Schnee wegtaute.
Alles freute sich, die Bäume, die Pflanzen, die Tiere. Die Vögel kehrten zurück, bauten sich Nester, Junghasen hoppelten über das Feld, und die Hühner gackerten den ganzen Tag und legten Eier. Viel mehr als im Winter.«
»Na schön«, meint Jonas. »Die Hühner

legten mehr Eier. Und was hat das alles mit Ostern und Ostereiern zu tun?«

»Ei bedeutet Leben, Jungchen, neues Leben. Aus dem Ei kommen die kleinen Küken. Bist ja auch aus dem Ei gekommen.«

»Ich? Ich bin kein Huhn!« Jetzt muß Jonas lachen.

Alle lachen. Nur Henrike schweigt. Sie hat den Mund voll Kuchen.

»Weißt schon, wie ich's meine, Jungchen. Na also, lernt ihr doch in der Schule. Siehst du, und aus Freude am Leben, am Wachsen und Blühen schenkte man sich zu Ostern Eier.

Den Kleinen versteckte man sie draußen im Garten. Macht doch Spaß, das Suchen. Vielleicht sprang einmal ein Hase vorbei – und das

war dann der Osterhase. Vielleicht, was weiß ich.
Und schön bemalt mußten die Eier sein. Nicht jeder konnte das.«
Henrike rutscht vom Sofa.
»Frau Karbunke, ich kann malen«, sagt sie und lehnt sich an die alte Frau. »Ich male ein Ei, und das schenk ich dir. Und du denkst, das war der Osterhase.«

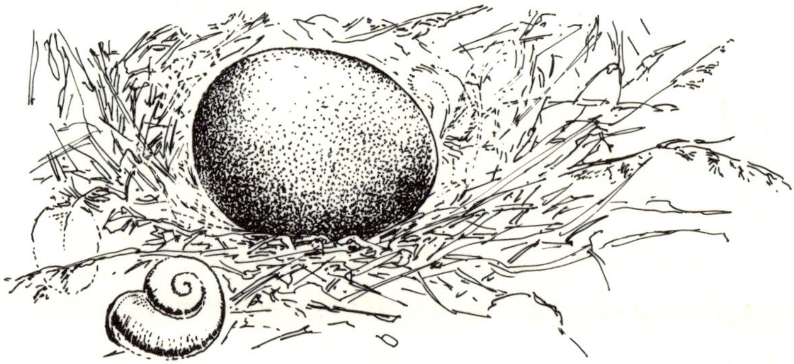

Kleiner Fuchs

An einem Zweig hängt eine merkwürdige grüne Frucht. Geheimnisvoll, wie hinter verschlossenen Türen, arbeitet es in dieser Hülle. Es formen sich Kopf, Leib und Flügel. Wachsen die Beinchen, die schimmernden Flügelschuppen. Nichts fehlt.
Der Schmetterling entsteht. Er lebt. Spürt das Sonnenlicht hinter den dünnen Wänden. Stemmt sich dagegen, sprengt die Wand. Langsam, Ruck für Ruck, schlüpft der Schmetterling heraus. Steht auf dünnen Beinchen. Alles ist ungewohnt.
Wärme, Licht, Wind streicheln ihn. Berühren die feuchten schlappen

Flügelchen. Sie wachsen im Licht. Der junge Schmetterling spürt ihre Kraft. Schon steht er fest. Breitet die rötlich schimmernden Flügel aus. Spürt Blumen- und Gräserduft.
Die Fühler beben. Er hebt die Flügel. Der Kleine Fuchs fliegt.

Hasenkummer

Der kleine Hase liegt geduckt unter einem Strauch. Nur ein paar Gräser und Halme sind notdürftig zusammengescharrt. Warm und weich ist das Nest nicht. Der kleine Hase zittert. Er friert. Immer dunkler wird es. Da hoppelt etwas über den Acker, kaum zu erkennen in der Abenddämmerung. Die Hasenmutter.
Sie macht Männchen, bewegt lauschend die langen Löffel. Gefahr? Nein, nichts zu spüren. Beruhigt hoppelt sie weiter. Findet den Strauch und findet das zitternde Hasenkind. Dicht schmiegt sich die Häsin an das kleine frierende Wesen. Nun kann es sich endlich satt trinken. Gierig schmatzt und saugt es, schläft satt

und zufrieden ein, wohlig an das warme Fell der Mutter gekuschelt.
Am nächsten Morgen ist das Weiche, Warme verschwunden. Die Häsin hat ihr Kind verlassen. Sie muß Futter suchen.
Der kleine Hase wartet. Wind streicht über das Feld, reißt den Nebel auseinander. Keine Hasenmutter zu sehen.
Die Sonne steigt höher, es wird Mittag, Nachmittag, Abend. Es wird dunkler und dunkler. Immer noch ist das Häschen allein. Unruhig bewegt es die kurzen Löffel, horcht.
Endlich! Da springt die Häsin über den Weg. Und wieder nährt und wärmt sie ihr Kind.
Am dritten Abend wartet der kleine Hase vergebens.
Die Nacht ist lang und kalt. Die

Mutter kehrt nicht zurück. Der kleine Hase bleibt allein. Frierend und hungrig schläft er ein.
Am Morgen quält ihn der Hunger wie noch nie.
Einmal hat ihm die Häsin gezeigt, wie man Blätter knabbert. Vielleicht findet er einen Kohlstrunk? Nein, aber Löwenzahnblätter.
Die schmecken gut. War da was?
Weiter, neues Futter suchen.
Er horcht, rennt, springt, läuft im Zickzack, versteckt sich im Gebüsch.
Diesmal ist es gutgegangen.

Ein Nest im Wasser

Es ist feingeflochten, wie ein Vogelnest. Aber kein Vogel hat es gebaut. Es ist auch nicht vom Zweig gefallen. Der Stichling, ein winziger Fisch, baut, fächelt mit den Flossen eine Höhlung in den Sand. Trägt unermüdlich kleine Wasserpflanzen, Blätter und Hälmchen herbei. Scheidet klebrigen Saft aus, klebt alles zusammen. Bohrt eine kleine Öffnung vorn hinein. Dann treibt er einen ganzen Schwarm Stichlingsweibchen vor sich her. Eins nach dem anderen muß ins Nest, Eier ablegen. Jedes zwei bis drei glashelle Eier. Stichlingsweibchen sind »Rabenmütter«, fressen die Eier am liebsten selbst. Aber der Stichlingsvater paßt auf. Gefährlich ist er, drei scharfe

Stacheln auf dem Rücken, zwei unterm Bauch. Krebsrot vor Wut schießt er in die Höhle. Da schwimmen die Weibchen eilig davon. Alle Fische mögen Stichlingseier, doch der Stichling greift selbst den gierigen Hecht, sogar den dicken Barsch an. Angst hat er nicht. Stundenlang steht er über dem Nest, fächelt frisches Wasser und Sauerstoff hinein. Sechs Tage lang. Schlüpfen die Jungen endlich, wird es zu eng. Da quirlt es im Nest. Sie wollen heraus. Nach vierzehn Tagen ist es soweit. Wie kleine blitzende Pfeile schießen sie durchs Wasser. Jetzt hat der Stichlingsvater endlich Zeit für sich.

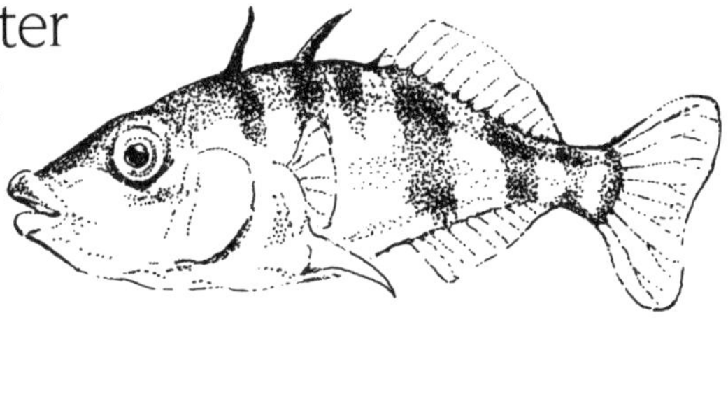

Die Goldaugen-Kröte

»Einmal habe ich eine Kröte gefüttert«, erzählt Inga. »Und das kam so: Sie wohnt in Opas Garten unter dem großen Stein. In der Dämmerung kommt sie heraus. Sie hat goldene Augen. Noch nie habe ich sie gesehen. Gestern war es soweit. Opa sagte: ›Heute abend zeig ich sie dir. Wir müssen warten, bis es dunkel ist, auch der Mond darf nicht scheinen.‹
Ich war ganz aufgeregt.
Wir saßen auf der Bank vor dem Haus und warteten. Die Laterne stand schon auf dem Tisch. Aber sie brannte noch nicht.
›Opa, weißt du noch, wie wir die Kröten gerettet haben? Mitten in der Nacht auf der Landstraße?‹

›Weiß ich‹, sagte Opa, ›im vorigen Jahr. Du hast überhaupt keine Angst gehabt.‹
›Nein‹, sagte ich, ›du warst ja bei mir.‹
Im Garten knisperte und raschelte es. Opa saß dicht neben mir. Es war richtig gemütlich. Langsam wurde es dunkel. Opa nahm die Streichhölzer vom Tisch. Ritsch, schon brannte das Licht in der Laterne. Ich durfte sie tragen. Opa hielt meine Hand. Wir gingen durch den Garten bis zu dem großen Baum.
›Stell die Laterne auf den Rasen, Inga‹, sagte Opa. Wir hockten uns unters Gebüsch. Die Laterne war sehr hell und sonst alles dunkel, wie ein Geheimnis.
›Aufpassen‹, flüsterte Opa.
Mücken, Fliegen, kleine Schmetterlinge flogen gegen die

hellen Scheiben. Auf einmal bewegte sich was, hüpfte etwas Dunkles.
Die Kröte.
Schnappte nach Fliegen und Mücken. Ich konnte sie gut erkennen. Ihre Augen glitzerten. Goldaugen.
›Opa, ich habe sie gesehen!‹
›Sie freut sich‹, flüsterte Opa. ›So leicht findet sie selten Futter.‹
Plötzlich war sie verschwunden. Ich holte die Laterne. Wir gingen zurück. Ich sagte: ›Und die Mücken? Die freuen sich aber nicht. Die werden ja gefressen!‹
›Das ist so‹, sagte Opa, ›Mücken gibt es genug, viel zu viele. Die paar kannst du deiner Goldaugen-Kröte gern gönnen.‹ «

Flügel zum Unterkuscheln

Acht Eier liegen im Nest. Die braune Henne brütet. Sieben kleine Küken sind ausgeschlüpft. Wuseln piepsend um die Glucke herum.
Und das achte Ei?
»Ist es tot?« fragt Angi erschrocken. Tante Anna hält es ans Ohr. »Nein, nein, komm, vielleicht retten wir es.« Eilig gehen sie ins Haus zurück. Angis Herz klopft. Retten? Wie denn? Haut die Tante mit einem Löffel aufs Ei? Dann wird das Küken ja zerquetscht. Das Ei bleibt heil. Angi staunt. Tante Anna wickelt das Ei in ein sauberes Taschentuch und schiebt es sich vorn unter die Bluse. Lang und dünn ist die Tante. Nun hat sie plötzlich einen Busen,

einen ganz komischen. Angi kichert. »Manchmal hilft es!« Auch Tante Anna lacht, setzt sich an den Tisch und schält Kartoffeln. Eine Kartoffel nach der anderen fällt in den Kochtopf. »So ein kleines Ding braucht Wärme, viel Wärme und Geduld, die gehört dazu.«

»Angi, Angi!« ruft Martin draußen. Angi will nicht. Sie starrt auf die Bluse. Krabbelt oben ein Küken heraus? Angi wartet.

Draußen scheint die Sonne. Draußen piepsen sieben gelbe Wolleböllchen. In der Stadt gibt es keine Küken. Ferien dauern nicht lange. Angi möchte drinnen und draußen zugleich sein. Kühl ist es in der Küche.

»Tante Anna«, sagt sie plötzlich. »Draußen ist es viel wärmer. Gib mir das Ei.«

»Und wenn du herumhopst?«
»Bestimmt nicht«, verspricht Angi.
»Also gut.« Die Tante wickelt ein Handtuch um Angis Bauch. So kann das Ei nicht unten aus dem Pullover rutschen.
»Es pickt dich«, sagt die Tante. »Ganz leise, du merkst es schon.«
Angi nickt. Mit vorgewölbter Brust und einem Glas Saft geht sie nach draußen.
Nun sitzt sie auf der Bank unter dem Küchenfenster. Die Sonne brennt. Der Pullover wärmt. Das Handtuch wärmt. Angi schwitzt. Trinkt einen Schluck Saft und wartet. Pickt es? Nichts pickt. Nur die gelben Wuschelküken picken und scharren im Gras. Glucksend lockt die braune Henne, wenn sie einen Käfer, winzige Würmer oder kleine Körner entdeckt. Aber die

Kleinen sind schon selbständig.
Finden ihr Futter allein.
Angis Küken rührt sich nicht.
Die Sonne wandert. Angi rückt ein Stück weiter.
»Kannst du noch?« ruft die Tante aus dem Fenster.
»Ich kann!« Angi will noch können.
Saft hilft auch. Sie trinkt einen großen Schluck.
Breit plusternd hockt die Glucke im Gras. Piepsend verkriechen sich sieben gelbe Wolleballchen unter den Flügeln. Eins streckt noch das Köpfchen heraus, piepst und verschwindet.
Die Glucke schläft nicht. Sie muß aufpassen.
Angi schaut zum Himmel. Der Hühnerhabicht haust im Wald hinter dem Dorf, hat der Onkel gestern

erzählt. Der Räuber! Jagt am hellen Mittag, fährt wie ein Blitz vom Himmel. Schlägt die Beute mit scharfen Krallen.
Angi weiß nichts vom Habicht. Angi gähnt. Angi schwitzt. Zum Glück ist noch Saft da. Brüten ist anstrengend. Ihr Herz klopft und pocht. Angis Küken pocht nicht.
»Schäm dich, dicke Henne«, sagt sie plötzlich laut.
»Ein Kind hast du vergessen. Ich rette es. Ich schwitze für dich!«
Immer lauter spricht sie, merkt nicht, daß Martin näher kommt.
»Bist du übergeschnappt?«
»Nee, ich brüte.« Angi streckt die Brust heraus.
Martin starrt seine Schwester an. Das glühende Gesicht, das Handtuch um den Bauch.

»Hast du Bauchweh?«
»Still!« Angis Augen werden immer größer, sie nickt, steht langsam auf und flüstert: »Es pickt, Martin ..., es pickt ..., es wird geboren!« Damit verschwindet sie im Haus.
Martin hinterher. Die spinnt, die hat Fieber, bei der pickt es im Kopf. Die muß sofort ins Bett.
Nichts pickt im Kopf.
Verblüfft sieht Martin zu, wie Tante Anna ein Päckchen aus Angis Pullover holt.
Wickelt es aus, hält ein Ei in der Hand.
Das Ei hat ein Loch. Drinnen hackt und pocht etwas Hartes. Größer und größer wird das Loch.
Das Ei liegt auf dem Tisch, die Schale zerbricht, etwas Kleines, Lebendiges krabbelt heraus.

»Mein Küken«, flüstert Angi. »Mein Küken, ich habe es ausgebrütet.«
Sie lächelt, Tante Anna lächelt. Martin lacht nicht.
Ein Küken soll das sein? Dies schlappe Ding? Angeklatschte, nasse Federn. Den Kopf kann es kaum heben.
»Nicht lebensfähig«, sagt er sachlich. »Das wird nichts.«
Aber es wird! Reckt und streckt sich, hebt das Köpfchen, hebt die kleinen Flügel. Versucht aufzustehen, wackelt, steht auf dünnen Beinchen und kräht. Und wie es kräht!
»Siehst du?« sagt Angi glücklich. Nun darf sie das Küken zur Glucke bringen.
Martin hält plötzlich eine Schüssel mit Kükenfutter in der Hand. »Das brauchen sie.« sagt Tante Anna.

»Allein finden sie nicht genug.«
Energisch schiebt ihn die Tante hinaus.
Angi sitzt neben der aufgeplusterten Glucke im Gras.
»Ich habe ihr mein Küken untergeschoben, ganz dicht unter den Flügel«, flüstert sie. »Schön mollig.«
»Unpraktisch«, sagt Martin grinsend.
»Warum?«
»Na, ist doch klar, mit einer Glucke und so. Viel zuviel Arbeit, viel zu teuer. Heute gibt es große Hühnerfarmen mit Riesenbrutkästen. Hunderte von Küken schlüpfen heraus. Ruck, zuck, fertig. Ganz einfach.«
»Weiß ich.« Angi kichert.
»Aber Flügel zum Unterkuscheln haben die nicht, deine Blechbrutdinger!«
Nun muß Martin auch lachen.

Der Hühnerhabicht

Im Fluge packt er seine Beute.
Erspäht sie mit scharfen gelben
Augen. Kreist über dem Bauernhof.
Lauert, wartet.
Mittagszeit. Beste Zeit.
Die Frau in der Küche hört und sieht
nichts.
Der Hofhund streunt die Dorfstraße
entlang. Er sucht Tinka, die braune
Hündin.
Der Habicht kreist immer tiefer, stößt
herab, packt zu.
Gackernd und flatternd stiebt die
Hühnerschar auseinander.
Die Frau läuft hinaus. Eine der besten
Hennen fehlt. Wer war es? Ein
Wiesel? Der Marder? Der Habicht ist
längst mit seiner Beute davon.

Sechs junge Habichte im Horst schreien nach Futter. Fleisch, Fleisch brauchen sie. Hunger! Hunger!
So schlägt er mit starken Fängen, was er kriegen kann. Rebhühner, Krähen, Mäuse, sogar Hasen, Eichhörnchen und Wildkaninchen. Je größer, je besser. Die Habichtskinder schreien, kriegen nie genug. Hocken bei der Mutter, bis sie fliegen können.
Auch die Eltern fressen gierig. Groß und stark sind sie. Und die jungen Habichte werden es auch. Er muß dafür sorgen, der Habichtvater.
Ruhelos ist er unterwegs. Sechs junge Habichte schreien:
»Hunger, Hunger!«

Guten Tag, kleiner Fisch

Der Bach fließt am Ende des Gartens, vorbei an der alten Laube. Er ist flach. Der weiße Sand leuchtet durch das klare Wasser. Runde Kiesel und kleine glänzende Fische glitzern.
Marie sitzt am Ufer. Ihre Füße hängen ins Wasser. Sie spürt das leise Ziehen der Wellen. Die Sonne flimmert.
Neben ihr hockt Sophie, braun, dunkelhaarig, mit festen Zöpfen.
»Komm mit, Marie, wir gehen zur Badeanstalt.«
»Jetzt? Nein, bleib doch, Sophie.«
Schweigen. Das Wasser plätschert.
Marie bewegt die Füße hin und her.
»Möchtest du einen Fischschwanz haben, Sophie?«
»Einen was? Ihhh! Was dir einfällt!«

»Sieh mal, so.« Marie hält die Füße dicht zusammen, bewegt sie auf und ab. »Ich denk mir das aus.«
»Ausdenken! Doch nicht so was Gräßliches. Rote Grütze oder Wettschwimmen oder Klöße mit Blaubeeren, das denke ich.«
Schweigen.
»Magst du Klöße?«
»Marie, hör doch. Meine Mutter kocht heute Klöße, komm mit.«
»Nein.« Marie schüttelt den Kopf.
»Wenn ich einen Fischschwanz hätte, könnte ich tauchen.«
»Tauchen!« Sophie prustet. »Hier? Da bumst du dir aber den Kopf. Das ist viel zu flach. Marie, du spinnst!«
Sie steht auf: »Ich geh jetzt schwimmen, kommst du nun?«
Wieder schüttelt Marie den Kopf. Sie bewegt die Füße hin und her.

Sophie wartet noch einen Augenblick. Sie starrt auf das glitzernde Wasser, auf Maries nackte Füße. Ihr wird ganz schwindlig beim Zusehen, und Hunger hat sie auch. Und Marie hat einen Vogel, das ist mal sicher.
»Doof«, ruft Sophie, »du bist doof!« Wütend patscht sie in den Bach hinein, spritzt und patscht durch das Wasser, läuft auf der anderen Seite die Böschung hinauf, ohne sich umzudrehen – verschwindet hinter den Brombeerhecken.
»Selber doof«, murmelt Marie.
Das Wasser strudelt, aufgeregt schwimmen die kleinen Fische umher. Marie wartet. Ganz ruhig hält sie die Füße. Und langsam beruhigt sich der Bach. Der Grund leuchtet klar herauf und glänzende Fische lassen sich von der Strömung treiben. Nur einer, ein

ganz kleiner, stubst mit seinem
winzigen Maul an Maries großen Zeh.
Sie fühlt es nicht, aber sie sieht es.
Und sie wackelt ganz vorsichtig mit
dem großen Zeh.
»Guten Tag, kleiner Fisch!«

Die vornehmen Gäste

Auf der Wiese, im Zimmer Grün,
hatte ich Gäste heute.
Frau Schnecke, Herr Käfer, Herr
Regenwurm.
Alles sehr vornehme Leute.

Zum Möhrensalat gab's Beerenbrei,
für jeden noch ein Radieschen.
Die Gäste benahmen sich alle vorbei,
denn niemand aß nur ein bißchen.

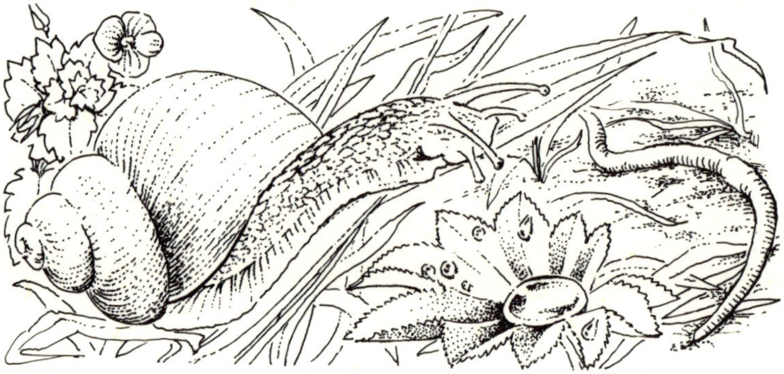

Die Schnecke verkroch sich in ihr
Haus.
Sie habe Kopfweh, leider!
Der Käfer verschwand auf einmal im
Gras,
er müsse sofort zum Schneider.

Der Regenwurm wand sich hin und
her,
er dürfe nur Erde essen.
Da sagte ich höflich: »Bitte sehr.«
Und habe es selber gegessen.

Der friert ...

»Der friert«, sagt Katrin besorgt. »Guck doch, wie er zittert.«
»Ach was!« Pit dreht den Kopf vorsichtig nach hinten. Er liegt auf dem Bauch im Gras. Auf seinem Rücken sitzt ein kleiner Hase und zittert.
»Ob er Heimweh hat?« fängt Katrin wieder an.
»Quatsch«, sagt Pit. »Hier ist es viel gemütlicher. Wie der da saß auf dem Feld, so allein. Sollte der Fuchs ihn fressen? Und so schnell wie die großen Hasen kann der bestimmt nicht laufen.«
Katrin schweigt. Niedlich ist er, der kleine Hase. Nicht viel größer als ihre Hand. Wie ein Spielzeug. Gestern hat

sie sich gefreut, als sie ihn entdeckten. Und heute? Richtig froh ist sie nicht mehr.
»Vielleicht denkt er an seine Mutter?« sagt sie nun.
»Ach was! Der hat höchstens Hunger. Mutter! Hast du etwa eine Hasenmutter gesehen? Ich nicht. Wir haben lange genug gewartet. Versuch es noch mal mit der Puppenflasche. Vielleicht will er jetzt trinken.«
Aber der kleine Hase trinkt nicht. Hockt still in dem Pappkarton, den Katrin mit Watte und Stoff weich gepolstert hat.
Am nächsten Morgen ist er tot. Traurig deckt Katrin den Deckel über die Schachtel.

Seeschwalben

Brausend fährt der Wind über Land und Meer. Pfeilschnell fliegen die Seeschwalben mit ihm, lassen sich von ihm tragen, wie Segelflieger.
»Nicht so eilig«, saust der Wind.
»Wartet!«
»Keine Zeit! Keine Zeit!« schreien die Seeschwalben. »Es wird Herbst! Du bläst uns kalt genug unter die Flügel! Fort! Fort! Der Weg ist lang!«
»Wohin reist ihr? Wohin?« saust der Wind.
»Zur Sonne, in den Süden, nach Afrika!«
»Viel zu weit, viel zu weit!« Stürmisch wirbelt der Wind den Dünensand auf. Eine Seeschwalbe stößt ins Meer hinein. Taucht auf. Einen Fisch im

Schnabel. Läßt sich am Strand nieder und verschlingt ihn hungrig. Trippelt noch hin und her.
»Komm mit! Komm mit!« rufen die Vögel. Da fliegt sie auf. Muß sich beeilen. Folgt mit heftigen Flügelschlägen.
Der Vogelschwarm ist schon weit voraus. Sie überfliegen Städte, Dörfer, Wälder und Wiesen. »Es wird Zeit! Es wird Zeit!« rufen sie.
Der Kiebitz im feuchten Wiesengrund horcht. »Morgen«, ruft er. »Kiwitt! Morgen reise ich auch!«
Nur die großen Saatkrähen haben es nicht eilig. Sitzen im Eichbaum. Krächzen zufrieden. Der Wind fährt plusternd durch das schwarze Gefieder.
»Warm genug!« krächzen sie. »Krah! Krah! Wir bleiben hier!«

»Ihr werdet frieren!« ruft der Kiebitz. »Dicht und stark sind unsere Federn! Dicht und warm!« krächzen sie. »Viel Zeit, viel Zeit!«
»Kiwitt, kiwitt!« warnt der Kiebitz. »Kommt mit! Gestern zogen große Schwärme Saatkrähen in den Süden. Ihr werdet frieren!«
Aber die großen Vögel haben noch keine Lust.
»Uns gefällt es hier! Krah! Krah! Uns gefällt es, wir bleiben!« Sie fürchten sich nicht vor dem Herbst und dem Winter.
Doch der Kiebitz hat keine Ruhe. »Kiwitt, kiwitt«, ruft er am nächsten Morgen. Und fliegt hoch über den Wiesen davon.

Das Tigerauge

»Guten Tag«, sagte das kleine Mädchen und blieb bei dem Jungen stehen. Der hob kaum den Kopf. Er arbeitete. Er kniete am Strand und formte aus Sand und Wasser etwas Langes, Gewölbtes.
»Wird das ein Walfisch?«
»Nein«, knurrte er, »eine Kuh. Hau ab! Ich spiel nicht mit Mädchen.«
»Soll ich dir Wasser holen? Ich kann Jeans anziehen und meine Haare hochbinden«, fing das Mädchen wieder an.
Er sah in den Eimer. Es stimmte, er war leer. Die Sonne brannte. Der Sand wurde schnell trocken.
»Meinetwegen. Da! In den Eimer. Aber voll genug!« Die dünnen Beine

rannten weg. Sie kamen schneller zurück, als er erwartet hatte.
»Gib her!« Er griff so hastig nach dem Eimer, daß alles ausfloß!
»Ich hole neues Wasser.« Das kleine Mädchen lief wieder ans Meer und kam zurück. Diesmal waren sie beide sehr vorsichtig.
»Es sieht wie ein Walfisch aus«, sagte das Mädchen wieder, »ich hab mal einen gesehen.«
»Ja, im Bilderbuch«, brummte er geringschätzig, »oder gehst du schon in die Schule?«
Das kleine Mädchen sah auf ihn herunter. Der Strohhut beschattete das runde Gesicht. »Ich bin sieben Jahre«, sagte es freundlich, »ich heiße Sonne.«
Jetzt hob er den Kopf und sah das Mädchen mit offenem Mund an.

»Sonne?« Er lachte. »Blöd, so etwas gibt es doch nicht. Dann bin ich der Mond.«
»Ah so. Nein. Eigentlich heiße ich Suneva, aber meine Brüder rufen nur Sonne.«
»Spiel doch mit deinen Brüdern.« Er begann schon wieder zu formen.
»Die haben keine Zeit«, log Sonne.
»Ich auch nicht.« Er goß Wasser über den Sand. »Verschwinde!«
Das Mädchen blieb trotzdem stehen.
»Hier.« Es griff in die Hosentasche.
»Ich habe einen Stein, der kann das Auge sein.« Es hielt ihm die geöffnete Hand entgegen. Ein grauer Stein, ganz rund mit einem kleinen schwarzen Punkt in der Mitte. Er weiß nicht, daß Sonne ihn sehr hütet.
»Wenn du willst, meinetwegen. Er paßt. Wenn die Flut kommt, ist er

weg.« Der Junge legte ihn auf den Kopf des Tieres.
»Das macht nichts.« Sonne hockte jetzt auch auf den Fersen und betrachtete das Sandtier. »Gestern warst du weiter oben am Strand. Was hast du da geformt? Es sah aus wie ein Kuchen.«
»Ein Huhn, aber Hühner sind schwer. Ich bin deshalb auch hierhergegangen. Dahinten trampeln die Kinder immer darauf herum.«
»Aber hier sieht es doch niemand.«
»Das schadet nichts«, sagte der Junge, stand auf und sah jetzt viel größer aus. »Es soll ein Fisch sein, ein großer Walfisch, wenn du willst. Ich heiße Pedro«, sagte er, »und ich muß jetzt nach Haus.«
Er goß den Rest Wasser über den Sand, ging noch einmal um das

Sandtier herum. »Morgen versuche ich einen Tiger.«
»Es sieht wirklich wie ein Walfisch aus«, sagte das kleine Mädchen.
»Vielleicht ist er morgen noch da. Ich habe noch mehr Steine, auch einen schwarzen, ganz blank mit gelben Streifen.«
»Bring ihn mit«, sagte Pedro, »ich nehme ihn als Tigerauge. Aber nicht vergessen.« Er drehte sich um und rannte über den Strand.
Das kleine Mädchen ging langsam zu den Strandkörben zurück. Wenn die Flut kam, würde morgen auch der schwarze Stein verschwinden.
»Den gibt es ganz selten«, hatte der Vater gesagt, »heb ihn gut auf, Sonne.« Aber ein Tiger ohne Auge ist kein Tiger.

Berto, der Träumer

Dieser Berto. Immer der letzte. Auch jetzt wieder. Die anderen Kinder sind schon weit voraus am Strand. Nur Berto, der Träumer, steht in der glühenden Sonne und beguckt sich etwas in seiner Hand.

»Berto!« rufen die Kinder.

»Der zählt Sandkörner«, spottet Mark.

»Stimmt, rechnen kann er besser als du.« Bevor Mark den Mund aufmacht, dreht Rose sich um und läuft zurück. Berto rührt sich nicht.

»Komm endlich«, sagt sie atemlos und will ihn mitziehen.

Berto lacht und streckt ihr die Hand entgegen mit einer kleinen grauen Kugel.

»Das ist ein Igel. Sieh mal, ganz

gleichmäßige Streifen«, sagt er stolz. Rose schwitzt, Hunger hat sie auch, und jetzt zeigt ihr Berto einen Stein und sagt, das ist ein Igel.
»Erzähl das deiner kleinen Schwester«, ärgert sich Rose. »Das ist ein Stein, Berto. Igel sind braun, haben Stacheln und vier Beine. Nun komm endlich. Kalte Nudeln schmecken schrecklich.«
Berto denkt nicht ans Essen. Vorsichtig streicht er mit dem Finger über den Stein. Das ist ein Seeigel, ein versteinerter Seeigel. Millionen Jahre. Wir haben drei Stück zu Hause.«
»Millionen Jahre?« staunt Rose. »Wer sagt das?«
»Mein Vater. Er hat mir alles genau erklärt. Sie haben vor unendlich langer Zeit gelebt. Nur das Gehäuse

blieb übrig. Sand kam hinein, es verhärtete sich. Eine Flutwelle rollte es an den Strand.«
»Zeig mal, rund, wie ein Igel, nur die Stacheln fehlen«, sagte Rose.
»Noch heute leben Seeigel im Meer mit roten und rosa Stacheln.«
»Wirklich?«
Berto nickt. »Nimm ihn, ich schenk ihn dir.«
Und schon laufen sie los, den anderen nach.
»Na, wieviel Sandkörner sind es?« fragt Mark.
»Millionen«, sagt Rose.

Der schwarze Prinz

Mittags kommen sie. Wenn die Sonnenglut den Pinienwald, das Fischerdorf, die weißen Häuser am Hang verstummen läßt, Rosetta Holzläden vor die Fenster legt, Tinas Vater sich in den abgedunkelten Raum zurückzieht. Um die Mittagszeit huschen sie geschmeidig, glänzend, flink umher.
Die Glanzäugige, der schwarze Prinz. Liegen breit auf sonnenheißen Steinen vor der blauen Grotte. Tina im Haus horcht. Die Sandalen in der Hand schleicht sie den Gang entlang. Tritt aus dem Schatten in das flirrende Licht, schlüpft in die Schuhe und läuft den Geröllweg hinab.
Kein Windhauch. Glühende Stille,

Agaven und Pinien werfen spärlichen Schatten. Der Pfad verliert sich im Gestrüpp. Hartblättrige Sträucher versperren den Weg. Tina bleibt stehen, sieht zurück. Nichts, kein Ruf erreicht sie. Niemand hat ihr Verschwinden bemerkt. Gebückt kriecht sie unter den Zweigen entlang, richtet sich auf. Blinzelt. Vor sich eine breite sonnenglühende Fläche. Da liegen sie, seltsame fremde Tiere. Eidechsen.

Der Vater hatte ihr lateinische Namen gesagt. Tina wiederholte sie und vergaß sie. Für sie ist es der schwarze Prinz, die Glanzäugige. Später kam die Grünschuppige hinzu. Die Blaue fast silbern, wie ein Fisch.

Die beste Zeit ist die Mittagszeit. Niemand stört sie. In den ersten Tagen waren sie fortgehuscht, viel zu hastig hatte sich Tina durch das Gebüsch gedrängt. Jetzt geht sie langsam, dicht an der Felswand entlang bis zur blauen Grotte. Hockt sich vorsichtig an den Eingang und sieht ihnen zu. Da liegt die Blaue, die Meerfrau.

»Das bist du. Weißt du, Eidechsen lebten früher im Meer. Glaubst du nicht?«

Die Meerfrau springt fort, schnappt nach Futter. Tina sieht ihr nach und entdeckt ihn, den schwarzen Prinz. Sie spricht mit ihm. »Wie schön du bist. Richtig schwarz.« Tina lehnt sich zurück, sieht auf die helle Felswand, übersät mit Mauereidechsen. Die Großen tragen die Kleinen im Maul. Wie Kätzchen, denkt Tina lächelnd. Kriecht eine fort, kommt die nächste. Vor sechs Wochen, als sie eingezogen

waren in das Haus am Hang, war der Vater gleich am Nachmittag mit ihr diesen Weg gegangen. Über den Felsen gebeugt, konnten sie in die Bucht hinuntersehen. Erkannten im kristallklaren Wasser, tief auf dem Grund, merkwürdig geformte Steine und Muscheln. Das interessierte den Vater besonders, er schrieb ein Buch darüber. Er zeigte ihr die Algen, die kleinen Fische, nannte ihr wieder die lateinischen Namen. Tina hörte nicht zu, sah zur Seite und entdeckte die Eidechse, lackschwarz auf fast weißem Stein. Der schwarze Prinz. Jeden Tag läuft sie zu ihnen. Nie kam jemand hierher. Sie fühlt sich wohl in der Glut wie die Eidechsen.
Ein unterdrückter Ruf.
Steine poltern. Die Tiere verschwinden. Vor der niedrigen

Agave steht ein fremder Junge. Er kommt näher. Was will er? Hat er sie belauscht? Tina springt auf. Wütend sieht sie ihn an.
»Du hast sie verjagt.«
»Wen?«
»Meine Eidechsen!«
»Deine?« Er lacht. »Die kommen wieder.«
»Sie beißen«, sagt sie plötzlich. »Sie gehorchen mir. Niemand darf hierherkommen. Nur ich.«
Er sieht sie erstaunt an. »Es ist meine Grotte«, sagt er gleichmütig. »Alles gehört uns.«
Großzügig weist er umher. Er spricht fließend deutsch.
Seine Grotte? Sie läßt sich nicht einschüchtern.
»Die Grotte gehört zum Haus da drüben, dem weißen Haus. Wir haben

es gemietet. Für zwei Monate von . . .«
Sie stockt, ihr fällt der Name nicht ein.
»Sandrelo«, ergänzt der Junge.
»Giovanni Sandrelo. Das ist mein Großvater.« Er nickt, so – vermietet?
Er dreht sich um. »Meinetwegen, bleib.«
Und er geht.
Er hockt am nächsten Mittag wieder vor der Grotte. Tina zögert, will zurückgehen. Da steht er schnell auf und kommt ihr entgegen. Seine rechte Hand hält er von der linken verdeckt vor sich.
»Hast du Angst?«
Tina blickt auf seine Faust. Er öffnet sie ein wenig. Sie sieht einen kleinen schwarzen Kopf, der sich zwischen den Fingern bewegt.
»Oh«, ruft sie und packt sein Handgelenk, »loslassen, loslassen,

sofort loslassen, der schwarze Prinz, du erdrückst ihn, du darfst ihn nicht anfassen!«
Er bückt sich etwas und läßt das Tier frei. Es verschwindet unter einem Stein.
»Eidechsen«, er lacht, »die gibt es übergenug. Du sprichst mit ihnen. Erzählen sie dir alles? Auch dies?« Er weist mit der Hand auf die grelle sonnenbeschienene Felswand.
Plötzlich wieder eine große Eidechse, die sich eine der kleineren greift und mit sich schleppt.
»Sie frißt sie«, sagt der Junge.
Tina starrt auf die Wand. »Du lügst.«
»Sie frißt sie«, wiederholt er und geht ein Stück weiter zur Bucht.
»Komm«, sagt er, »ich kann tauchen; soll ich dir einen Stein holen?«
Er zeigt in das klare Wasser hinunter.

Tina schweigt. Die helle Wand ist dunkel geworden, obwohl die Sonne hoch am Himmel steht.
Der Junge sagt in gleichem Tonfall: »Ich kann tauchen, ich hole dir die Muschel da unten.«
»Nein, laß mich. Ich will nichts.« Sie dreht sich um.
»Ich heiße Pietro«, sagt er.
Aber Tina ist schon den Weg hinaufgelaufen, zwischen den Stauden verschwunden.

Annemarie

»Jetzt habe ich keine Lust mehr«, sagt Annemarie laut. Keiner antwortet. Die anderen Kinder sind schon weitergegangen. Auch der Lehrer dreht sich nicht um. Annemarie geht immer langsamer. Niemand kümmert sich um sie. Die Sonne brennt. Sie bleibt stehen und setzt sich an den Grabenrand und zieht die Schuhe aus, erst den rechten, dann den linken. Jetzt noch die Strümpfe. Wunderbar.
Die Kinder biegen links ab zum Wald. Es ist heiß heute morgen. Im Wald ist es bestimmt schön kühl, denkt Annemarie. Hier brütet die Hitze.
»Annemarie fehlt!« schreit Rudi plötzlich.

»Die trödelt immer so«, sagt Monika wichtig und schiebt sich ein Stück Schokolade in den Mund.
»Annemarie«, ruft Herr Rieders laut.
Stille.
»Annemarie, Annemarie!« rufen die Kinder durcheinander.
»Sie hat sich verlaufen!« heult Margot los.
»Unsinn«, sagt der Lehrer ärgerlich, »hier auf dem Feldweg?«
»Soll ich mal?« Der dicke Jonas schiebt sich vor. »Ich kann ganz laut brüllen.«
»Brülle«, sagt Herr Rieders und denkt: Vorhin habe ich sie doch noch gesehen.
Ja, vorhin. Da saß Annemarie noch auf dem Grabenrand. Und jetzt? Was will sie denn da unten im Graben? Zum Glück ist er

ausgetrocknet. Sie ist hineingerutscht. Sie hält einen Schuh in der Hand, sitzt steif und stumm und starrt auf den feuchten, moosigen Stein. Ein ekliges Tier sitzt da und glotzt sie an. Kommt näher, immer näher, reißt das Maul auf. Beißt es?

»Hilfe!« schreit Annemarie. »Hilfe, es hat mich gebissen!«

Mit einem Satz springt Herr Rieders in den Graben. »Wo denn, Annemarie, was denn?«

»Eine Schlange«, schreit Rudi vom Grabenrand.

Jetzt kreischt Margot noch lauter.

»Ruhe!« Herr Rieders richtet sich auf.

»Sie ertrinkt!« Stefanie kneift die Augen zusammen.

»Blödsinn«, lacht Jonas, »da ist überhaupt kein Wasser drin.«

»Eine Schlange?« fragt Willy. »Hat sie

Annemarie gebissen? Ich habe ein Messer hier, gleich aufschneiden.«
Annemarie schreit nicht mehr, sie brüllt.
»Ruhe!« donnert Herr Rieders. Kaum kann er aus dem Graben heraus, so fest klammert sich Annemarie an ihn.
»Eine Schlange?« fragt Willy begierig.
»Nein, eine Kröte«, sagt Herr Rieders.
»Eine Kröte!« Rudi grinst. »Die beißen doch nicht.«
»Sie glotzte so, und wie sie aussieht, so eklig. Du hast sie ja gar nicht gesehen«, wehrt sich Annemarie und zerrt an ihrem Strumpf.

Jumbo

Jumbo ist stark. Der stärkste Elefant im Zoo. Er kann mit seinem Rüssel große Baumstämme tragen. Morgens, wenn der Tierpark noch geschlossen ist, hilft er dem Tierwärter. Zieht geduldig den Laubwagen, trägt schwere Bretter oder rollt einen Felsstein zur Seite.
Jumbo ist fleißig und klug.
Und ein Leckermaul.
Da steht er und streckt seinen Rüssel vor, so weit er kann. Jumbo bettelt und schämt sich überhaupt nicht.
»Jumbo«, sagt der Wärter, »du kriegst genug zu fressen.«
Aber Jumbos Augen blitzen listig. Er bewegt die mächtigen Ohren, klappt sie auf und ab. Jumbo schwenkt den

großen Rüssel hin und her. Jumbo wartet.
Der kleine Junge ist schüchtern. Es dauert eine ganze Weile, bis er die Hand ausstreckt. Eine halbe Banane liegt auf seiner Hand.
Was wird Jumbo tun? Ängstlich sieht der kleine Junge auf den breiten Rüssel. Er kommt näher und näher. Und Jumbo, der so stark ist, daß er die schwersten Baumstämme tragen kann, Jumbo setzt vorsichtig ein dickes Bein vor und bewegt behutsam den Rüssel. Zart und leicht, als wäre die Banane eine Flaumenfeder, nimmt er sie von der Hand. Der kleine Junge spürt es kaum.
Jumbo schwingt vergnügt den Rüssel hoch und wirft das Bananenstück ins Maul.

Und nun?
Jumbo ist ein Leckermaul. Er streckt schon wieder den Rüssel aus.

Wind, Wind

Säuseln, pfeifen, singen, brausen,
orgeln, pusten, jauchzen, sausen,
wettern, knallen, jagen, stürmen,
hochauf weiße Wolken türmen.
Laut am Fensterrahmen rütteln.
Haselkätzchen tüchtig schütteln.
Pusteblumenkinder wiegen,
schneller als die Vögel fliegen.
Herbstlaub durch die Straßen wirbeln.
Haare durcheinanderzwirbeln.
Jagen, springen, spielen, tollen.
Lustig mit Kastanien rollen.
Rauschend durch den Garten gehn.
Äpfel von den Bäumen wehn.
Knisternd in den Tannen flüstern.
Mit den Abendschatten wispern.
Leise sein und sanft und lind.
Alles, alles kann der Wind.

Waldgeister

Waldgeister im Kiefernwald? Der Boden knistert von den trockenen Nadeln bei jedem Schritt.
Auch wenn sie stehenbleiben, knistert es.
Petra guckt mit großen Augen.
»Komm!« Der Vater winkt.
Sie setzen sich unter einen großen Baum. Die Hitze flirrt.
Leise, ganz leise, überall: Knisper, knasper!
Ein Käfer? Eine Maus? Nichts krabbelt, nichts bewegt sich. Nichts ist zu sehen. Nur zu hören, das Geknicke und Geknacke.
Manfred legt sich auf den Waldboden, das Ohr an die Erde gedrückt. Petra legt sich daneben.

Nun hört sie es noch deutlicher.
Waldgeister?
»Hier!« Die Mutter hält ihnen auf der Hand Kiefernzapfen entgegen.
In der glühenden Hitze öffnen sie sich, leise, leise:
Knips, knaps.

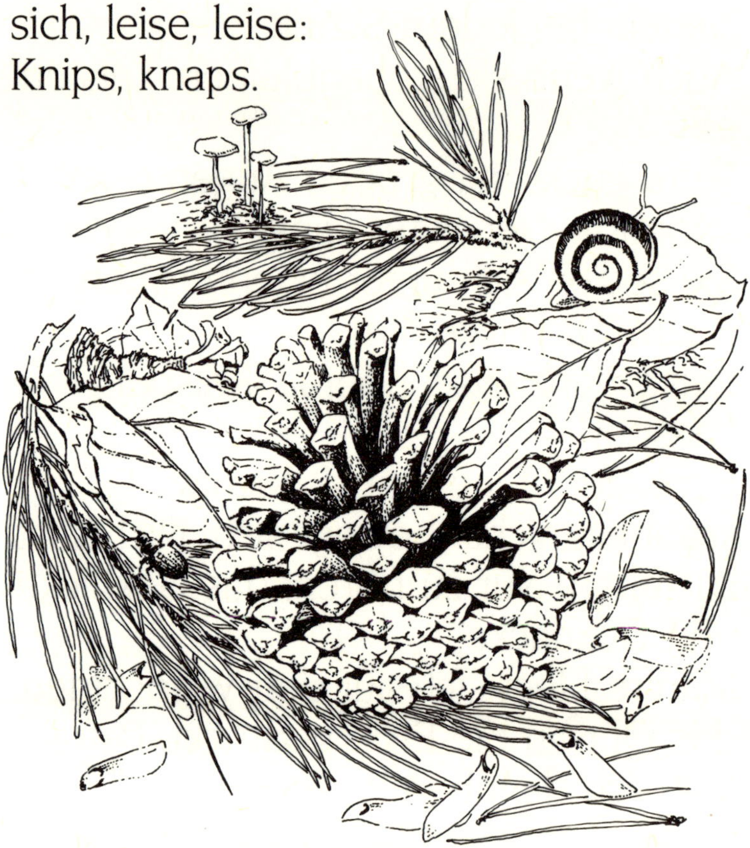

»Und was frißt sie?«
»Frösche!«
»Lebendige?«
»Was dachtest du denn?« Paul dreht sich gleichmütig zur Seite und schiebt den Stecker in den Schalter.
Das Licht über dem Terrarium flammt auf. Träge liegt die graue, schwarzgefleckte Schlange in dem breiten, mit Wasser gefüllten Glasbehälter. Nur rechts sind ein paar Steine aufgestapelt.
Anna steht regungslos.
»Lebendige Frösche«, wiederholt sie, »und das bringst du fertig?«
»Warum nicht? Sie muß fressen«, erwidert Paul. »Die hier ist noch jung. Sie wird viel größer. Einen Meter und

darüber. Glaubst du, ich hole mir so ein Tier, sperre es ein und laß es dann verhungern?«

Anna schluckt. »Lebendige Frösche«, murmelt sie noch einmal. »Warum hältst du dir keine Meerschweinchen oder einen kleinen Hamster oder einen Hund? Oder ein Kätzchen? Es gibt so süße Kätzchen.«

»Und was fressen Kätzchen?« Er ahmt ihren Tonfall nach.

Anna schweigt.

»Mäuse, Anna, süße kleine Mäuschen, wenn sie sie kriegen können. Sei doch nicht so albern.« Er hebt den gazebespannten Deckel über dem Terrarium etwas an.

Sie tritt einen Schritt zurück.

»Höchstens du bist albern«, fährt sie ihn an. »Was willst du jetzt tun, Paul? Auf keinen Fall fütterst du sie jetzt!«

»Unsinn.« Er hat den Deckel abgehoben, legt ihn zur Seite. Gebannt starrt sie auf seine Hand, die sich jetzt langsam über den Rand des Behälters schiebt, weiter, immer tiefer. Die Schlange rührt sich nicht. Die Hand kommt näher. Ein schneller Griff, dicht hinter dem kleinen Kopf. Vorsichtig zieht Paul das wild hin und her schlagende Tier aus dem Wasser. Zieht es ganz aus dem Terrarium, hält es am ausgestreckten Arm. Wartet etwas, packt dann mit der linken Hand den schlanken Leib.
Die Schlange bäumt und windet sich. Paul bewegt sich nicht.
Auch Anna ist wie gelähmt.
Warum ist sie überhaupt gekommen? Gestern im Hallenbad beim Schwimmtraining hatte sie Paul getroffen. »Du schwimmst wie eine

Schlange«, hatte er anerkennend gesagt.
Sie hatte gelacht. »Schlangen schwimmen nicht.«
»Doch, meine kann es. Soll ich sie dir zeigen? Morgen nachmittag? Oder hast du Angst?«
Natürlich hat sie Angst vor Schlangen. Aber zugeben – auf keinen Fall. Außerdem war sie neugierig.
»Meinetwegen«, hatte sie eingewilligt, »ich komme.«
Jetzt bereut sie es. Ihr Herz klopft heftig.
Nach und nach beruhigt sich das Tier. Paul öffnet die linke Hand, hebt die rechte noch höher. Der kleine Schlangenkopf ist jetzt dicht vor seinem Gesicht. Und dann, mit einer ruhigen Bewegung legt er sich das Tier um den Hals.

Anna preßt die Hand vor den Mund. Am liebsten hätte sie geschrien. Nein, nein, lieber nicht.
»Hast du Angst? Warum guckst du mich so an?«
»Dich? Die Schlange!«
Paul lacht leise, tritt zum Terrarium und beginnt, die Steine herauszunehmen. »Es muß frisches Wasser hinein, und die Scheiben sind auch ganz dreckig. Frag doch mal meine Mutter, ob sie dir den Lederlappen gibt. – Nein, laß, ich geh lieber selbst.« Er dreht sich um und geht zur Tür. Das glänzende graue Halsband liegt unbeweglich.
»Mit – der Schlange?« stammelt Anna. Sie wird blaß. »Und wenn sie wegglitscht? Wenn sie einfach wegspringt?«
»Springen? Unsinn. Eine Schlange

schnellt höchstens. Ich werde dir mein Schlangenbuch leihen, damit du nicht mehr solche Mauseaugen machst. Komm mit, meine Mutter hat noch Kuchen. Magst du Kuchen?«
»Nein, danke, ich bin nicht hungrig.«
»Aber ich.« Er steht jetzt an der Tür. Anna rührt sich nicht. Sie will warten, bis er draußen ist. Wenn er in der Küche ist, will sie verschwinden. So schnell wie möglich. Der ist ja verrückt. Eine Schlange um den Hals. Wenn das Tier ihn biß, mußte er sterben. Das hat sie selbst einmal gelesen. Schlangen sind giftig und unberechenbar. Endlich ist sie allein und verläßt hastig das Zimmer.
Auf dem Flur ist es dunkel. Sie hört ihn mit seiner Mutter sprechen. Schnell den Mantel vom Haken, da, die Flurtür.

Kaum berührt sie die Klinke, als sie erschrocken zurückfährt. Die Klingel! Es schrillt und schrillt. Jemand schlägt heftig an die Tür.
Als sie öffnet, blickt sie in ein schmutziges, verheultes Gesicht. Franz, Pauls Bruder. Er stößt sie einfach beiseite.
»Was ist denn mit dir los?« hört sie Pauls Stimme. Er knipst das Licht an. Immer noch trägt er das glitschige, graue Halsband über dem Kragen. Ekelhaft.
Anna weicht zurück.
»Der Willy«, stößt Franz heraus, »gibt an mit seinem neuen Rad. Ich steh ihm im Weg, sagte er.« Franz wischt sich über das Gesicht. »Gar nicht wahr, er ...«
»Hat dich verprügelt«, ergänzt Paul. »Hau ihn doch wieder.«

»Meine Nase, sie blutet. Ich habe wieder Nasenbluten.«
»Den Kopf zurück. Mutter ist in der Küche.« Paul öffnet die Flurtür.
»Wo willst du hin?« Franz hat endlich ein Taschentuch gefunden und preßt es vor die Nase.
»Nach unten.« Paul steht schon im Treppenhaus. Ohne sich umzudrehen, geht er die Treppe hinunter.
Anna kommt ihm nach. Sie zieht die Tür hinter sich zu. »Die Schlange, Paul, du kannst doch nicht so auf die Straße gehen.«
Der Junge wartet einen Augenblick auf dem Treppenabsatz.
Anna, ein paar Stufen höher, wiederholt: »Sie – sie schnellt dir weg.«
»Und frißt dich auf. Anna, du hast einen Vogel.« Er lacht wieder. »Mein

Hals ist warm, es ist ihr Lieblingsplatz. Komm schon, sie tut dir nichts.«
Er geht weiter. Anna folgt langsam. Immer im gehörigen Abstand.
»Ein Feigling, dieser Franz«, knurrt er.
»Willy ist stark, dein Bruder ist dünn. Und jünger als du.«
»Aber größer als ich. Dünn bin ich auch. Jetzt kann der Willy was erleben!«
Paul stößt die Haustür auf.
Willy, über sein neues Fahrrad gelehnt, steht neben dem Eingang. Er unterhält sich mit ein paar Jungen. Er kehrt Paul den Rücken zu.
»Noch einmal, und es kracht«, sagt Paul hinter ihm.
Willy fährt herum. »Sieh mal an, der Kleine – was willst du?«
»Es kracht«, sagt Paul ruhig. »Du und dein blödes Rad.«

»Was hast du gesagt? Habt ihr gehört? Ihr habt es alle gehört: blödes Rad hat er gesagt!«
Willy schiebt das Rad beiseite. »Halt mal.« Er winkt einem kleinen Jungen, der schnell nach der Lenkstange greift.
»So«, er stellt sich breitbeinig vor Paul, der zu ihm hinaufsehen muß. »So, und nun sag das noch einmal.«
»Franz hat Nasenbluten.« Paul schiebt die Hände in die Hosentaschen. »Ich habe dir das schon mal gesagt. Du schlägst ihn immer an den Kopf.«
»Wenn er so blöd dasteht! Ich will mein Rad ausprobieren – und er steht doof dabei. Stimmt, da habe ich ihm eine gelangt.«
»Na schön, dann kriegst du jetzt eine von mir.« Paul zieht die Hände aus den Taschen.

Willy prustet los. Paul geht einen Schritt vorwärts.
Anna hält den Atem an. Sieht denn niemand das Band, das graue Band um Pauls Hals? Wenn die Schlange Willy biß? Wenn Willy tot umfiel? Die Jungen waren ja beide durchgedreht.
»Die Schlange«, schreit sie aufgebracht.
Willy, schon bereit, dem Paul einen gehörigen Schlag zu versetzen, fährt zurück. Jetzt sieht auch er den grauen Schlauch um Pauls Kragen.
»Gummi, bemaltes Gummi«, lacht er höhnisch. »Da seht ihr es, der spielt noch mit einer Babyschlange.« Er lacht lauter.
Niemand lacht mit. Die Jungen blicken auf Pauls Hals. Gummi?
»Sie ist giftig«, sagt Paul.
»Gummi!« Willy lacht.

»Du bist selbst aus Gummi, faß sie doch an.«
Schweigen. Anna tritt aus dem Schatten der Eingangstür und stellt sich neben Paul.
»Du hast Angst«, sagt Paul, »Angst vor einer kleinen Schlange.« Er spricht ganz ruhig.
Die Schlange liegt unbeweglich.
»Natürlich ist sie giftig. Mir tut sie nichts. Ich kenne den Griff. Wenn man sie richtig anfaßt, beißt sie nicht. Kannst du den Schlangengriff? Du kannst doch alles. Los, greif zu! Mal sehen, ob sie dich beißt.«
Willy rührt sich nicht.
»Paul hat recht. Man muß es richtig machen. Ich weiß es«, sagt Anna.
»Nichts weißt du«, knurrt Willy.
»Doch, von Schlangen weiß sie viel. Willst du es mal sehen?« Paul löst mit

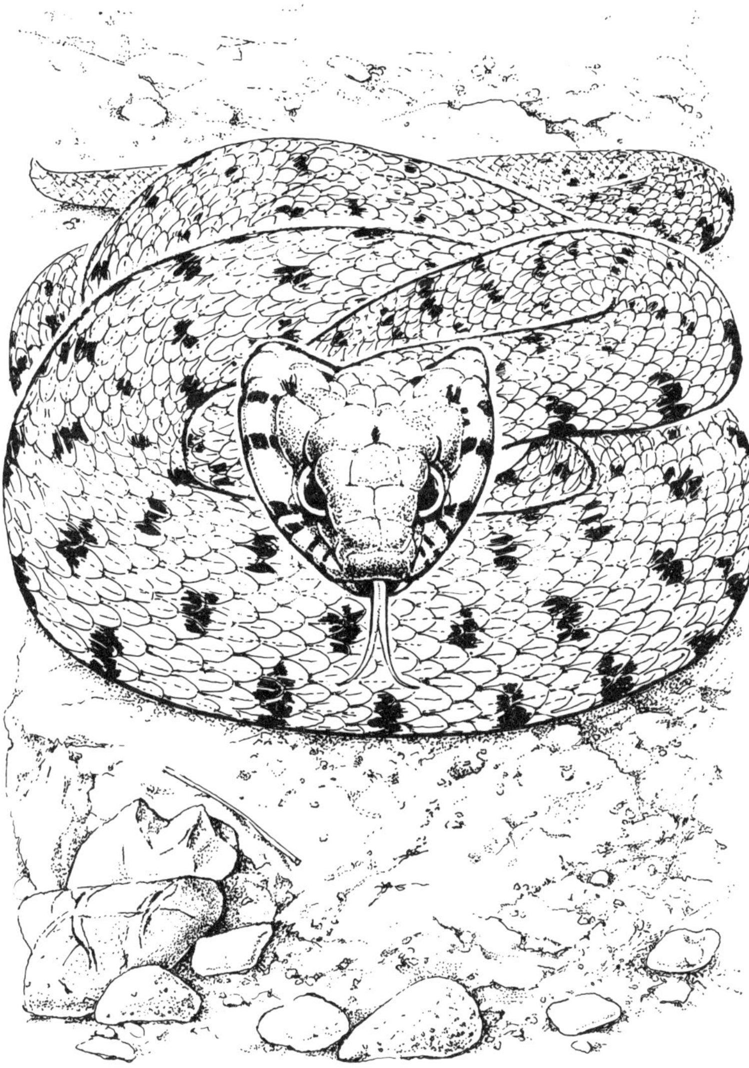

ruhiger Bewegung die kleine Schlange vom Hals und hält sie Anna entgegen. Die Schlange bäumt sich. Nicht ganz so aufgeregt wie das erste Mal.
Aber der schlanke Leib zittert. Paul umfaßt ihn behutsam mit der linken Hand. Nun entspannt sich das Tier. Nur der Kopf bewegt sich.
Annas Augen starren groß und hell auf diesen kleinen Kopf. Sie preßt die Lippen zusammen. Sie fühlt sich elend. Sie blickt auf. Paul nickt.
»Nichts weiß sie«, brummt Willy, »bemaltes Gummi.«
Anna holt tief Luft. Sie hebt die Hand, streckt den Zeigefinger aus, fährt mit dem Finger vorsichtig und leicht über den Kopf, zieht die Hand schnell zurück, atmet auf.
»Na, was habe ich gesagt?« Paul

blickt umher. »Anna ist eine Schlangenkönigin. Das gibt es. Ganz selten. Ich weiß es. Und die Schlange weiß es auch. Sonst hätte sie Anna gebissen.«
»Spinner!« stößt Willy wütend heraus.
»Du spinnst.« Paul streckt den Arm vor, hält die Hand mit dem Schlangenkopf dicht vor Willys Nase. »Dich beißt sie, dich!«
Willy weicht zurück.
Paul kommt ihm nach. »Dich beißt sie, weil du Angst hast, richtige Angst.«
»Ich kauf mir einen Affen«, schreit Willy plötzlich, »dann kannst du angeben mit deiner Schlange. Der frißt deine Schlange! Gib her!« Er reißt dem kleinen Jungen das Rad aus der Hand, schwingt sich auf den Sattel und rast davon.

Paul wartet noch, bis das Tier sich beruhigt hat. Dann legt er sich den glänzenden Leib wieder um den Hals.
»Dem hast du es aber gegeben«, sagt der kleine Junge. »Ist sie wirklich giftig?«
»Natürlich.« Paul schiebt ihn zurück. »Sie muß jetzt Ruhe haben, laßt mich vorbei.« Er geht zur Haustür und öffnet sie. Anna kommt ihm nach.
»Leihst du mir das Schlangenbuch?« fragt sie und steigt neben ihm die Treppe hinauf. »Ich kann dir ja helfen beim Terrarium.«
Als Paul nur nickt, fügt sie hinzu: »Aber wenn sie nun wirklich beißt? Hast du denn ein Serum?«
Das hatte sie einmal gehört. Serum ist wichtig. Sonst muß man sterben.
»Serum? Für was?« Paul drückt auf den weißen Klingelknopf.

»Ringelnattern sind nicht giftig.«
»Nicht giftig?« Anna blickt ihn fassungslos an. Und dann, nach einer Weile: »Ach so, wegen Willy.«
»Auch.« Paul schiebt sie schnell in den Flur, als die Mutter öffnet. »Geh schon in mein Zimmer, ich hol nur das Wasser.«
Sie hält einen Stein in der Hand, als er wieder hereinkommt. »Und warum hast du mich angeschwindelt?« fragt sie.
Er taucht den Lappen ins Wasser und gibt ihr das Tuch.
»Putzt du die Scheiben? Dann mach ich das Becken sauber. – Ich wollte wissen, ob du Angst hast oder ob du eine Schlangenkönigin bist.«
»Schlangenkönigin?«
»Stimmt!« Er lacht. Anna lacht auch.
Die kleine Ringelnatter liegt glatt und glänzend um Pauls Hals.

Regenriesel – Melodie

Wie der Regen draußen singt,
wie er plätschert, läuft und springt.
Rinnt und rieselt, braust und klascht,
sprüht und nieselt, fällt und pascht,
trommelt, pladdert, pocht und klopft.
Flüsternd auf die Blätter tropft,
strömend Wald und Feld begießt,
rauschend durch die Zweige fließt.
An die Fensterscheiben schlägt,
stürmend durch die Straßen fegt.
Dächer wäscht, bis alle Traufen
gurgelnd, schwappend überlaufen.
Laut und leise immer wieder
rauscht er Regenriesel – Lieder.

Die schönste Apfeltorte

Goldbraun und duftend steht sie auf dem Tablett auf dem Küchentisch. Die schönste Apfeltorte der Welt. »Kein bißchen verbrannt«, sagt Jan glücklich.
Die Torte duftet. Sie wartet, genau wie Jan. Sie wartet auf die Eltern. Auf Jans Vater. Er hat heute Geburtstag.
»Um sieben Uhr kommen sie.«
Die Torte duftet.
Jan sieht auf die Uhr. Fünfzehn Minuten vor sieben.
»Ich geh noch mal ins Wohnzimmer«, sagt er zu der Apfeltorte, »fall mir nur nicht zusammen!«
Die Torte duftet.
Im Wohnzimmer ist alles in Ordnung. Jan hat den Tisch gedeckt. Das

Tischtuch fand er im Schrank. Die hübschen Tassen und Teller mit dem bunten Rand. Er war ganz vorsichtig, nichts ist zerbrochen. Zuckerdose, Löffel, Kerzenhalter.
Nichts fehlt. Zwei lange Kerzen, dazu reichte das Taschengeld noch. Für Blumen nicht. Die Azalee vom Fensterbrett, leuchtend rot, paßt gut. »Du hast heute Geburtstag, Vati«, sagt Jan laut. »Du hast dir eine Apfeltorte gewünscht. Ich habe es gestern abend gehört. Und wie Mutti sagte, übermorgen, am Sonnabend, habe ich frei, dann backe ich dir eine Apfeltorte. Sonnabend feiern wir. – Geschenke hinterher sind keine Geschenke. Wir feiern heute.«
Zurück in die Küche. Die Apfeltorte duftet. Und kein bißchen zusammengefallen. Vielen Dank,

Torte. Du hast dir viel Mühe gegeben. Ich auch. Plötzlich Stimmen, Schritte, Schlüssel klirren. Jan springt auf, läuft auf den Flur, zieht die Küchentür hinter sich zu. Die Eltern.
»Guten Abend, kleiner Jan.«
»Herzlichen Glückwunsch, Vati! Ich bin nicht klein, ich bin doch neun.«
»Danke, großer Jan.« Der Vater nimmt ihn in den Arm.
»Was riecht hier?« fragt die Mutter. Sie will in die Küche sehen. Er stellt sich mit ausgebreiteten Armen vor die Tür. »Ihr müßt gleich ins Wohnzimmer gehen«, sagt er aufgeregt. »Setzt euch auf die Couch. Ich habe eine Überraschung.«
Die Eltern verschwinden im Zimmer.
»Laßt die Tür offen«, ruft Jan, »bitte!«
Er geht in die Küche. Nimmt das Tablett mit der Torte.

»Halte dich gut, Torte. Jetzt geht es los.«
Trägt die schönste Apfeltorte der Welt langsam über den Flur. Sieht die gespannten Gesichter der Eltern. Er lächelt. Die Torte duftet.
Jan stolpert. Die Torte rutscht. Jan rutscht. Die Torte fliegt auf den Teppich. Jan fällt daneben. Bleibt sitzen. Starrt auf die schönste Apfeltorte der Welt, auf das zermanschte Ding. Möchte sie am liebsten noch mehr zerquetschen, vor Wut heulen. Will nichts sehen und hören.
Fühlt plötzlich einen Arm um seine Schulter, hört eine Stimme.
»Wunderbar, Jan, du kannst zaubern.«
Sein Vater sitzt neben ihm auf dem Teppich und wiederholt: »Du kannst zaubern.«

»Nee, selbstgebacken.«
»Wie denn?« fragt die Mutter.
»Zauberer verraten nie ihre Geheimnisse. Dürfen sie gar nicht«, sagt der Vater, steht auf, nimmt Teller, Löffel und Tortenmesser vom Tisch. Vorsichtig beginnt er zu schneiden. Die Mutter bringt die Kerzen, setzt sich auf den Boden.
Jan versteht überhaupt nichts mehr. Die wollen Torte essen. Den zermanschten Kuchen. Vom Teppich. Wollen ihn wirklich essen? Er hält einen Teller in der Hand.
»Jan, köstlich«, sagt der Vater.
»Die schönste Apfeltorte der Welt.«

Mäuse-Traum

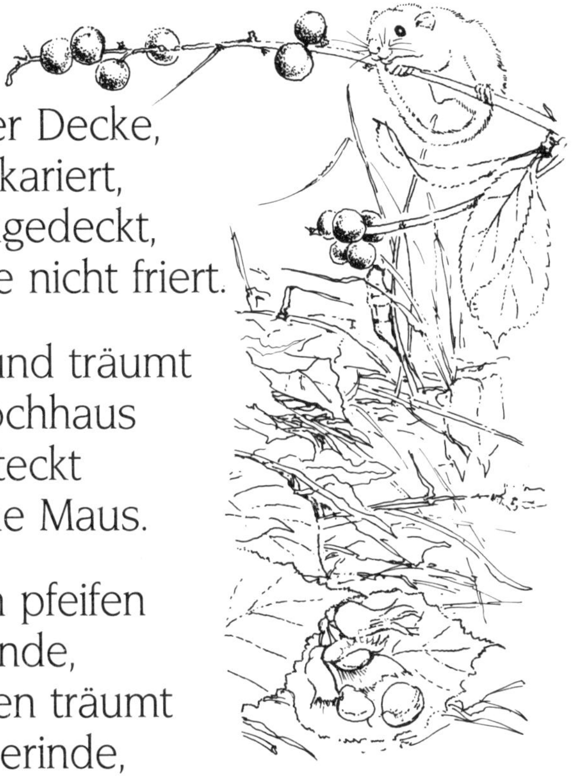

Unter der Decke,
rotweiß kariert,
warm zugedeckt,
damit sie nicht friert.

Schläft und träumt
im Erdlochhaus
tief versteckt
die kleine Maus.

Draußen pfeifen
kalte Winde,
Mäuschen träumt
von Käserinde,

Speck und Wurst
im dunklen Keller,
Honigkuchen
auf dem Teller.

Wenn es kalt wird

Rote, braune und gelbe Blätter wirbelt der Herbstwind durch die Straßen, wenn es kalt wird. Mit letzter Kraft flattert ein Zitronenfalter über die Waldwiese zum Schlehenbusch. Klammert sich fest an den Zweig, klappt die Flügel zusammen und schläft ein. Schnee deckt ihn zu, Frost läßt ihn erstarren, Winterstürme schütteln den Zweig. Der Falter hängt wie leblos. Auch die kurze fahle Wintersonne weckt ihn nicht.
Unter dem Schlehenbusch verbirgt sich die Haselmaus im Nest.
Eine dicke behaarte Raupe versteckt sich unter Laub und Moos.
Der Igel rollt sich in seiner Höhle zusammen.

Die Schnecke verschließt ihr Haus mit einer festen Tür.
In dem gutgepolsterten Bett welker Blätter schläft die Erdkröte.

Hexenspruch

Willst du zaubern?
Fang gleich an.
Nimm ein Blatt
vom Löwenzahn.
Abgelutschter
Lollistiel.
Dreimal spuken,
nicht zuviel.
Steck drei Federn
in den Schopf.
Rühr im alten Nudeltopf.
Matsch und Sand.
Drei Kieselsteine,
sieben Murmeln,

große, kleine.
Aus dem alten Zauberbuch
sprich den Hexen-Zauberspruch:
Appel, Schrappel,
Birnenmus.
Feuer, Wasser,
Ofenruß.
Kritze, kratze,
Katzenpfoten.
Lachen ist dabei verboten.
Dreimal hopsen,
langsam gehn.
Dreimal sich
im Kreise drehn.
Und dann?
Wirst schon sehn!

Geschenke

Schneewolken. Rieselnde Flocken. »Fort mit euch!« Pfeifend treibt der Ostwind die Wolken auseinander. Frost fährt durchs Land. Glitzernd schimmern dünne Weidenzweige in der Wintersonne. Rascheln und Knispern im Astloch. Mit großen Augen späht ein Käuzchen aus der Baumhöhle. »Frierst du nicht?« fragt die alte Weide.

»Nein! Ich bin hungrig. Haust vielleicht eine Maus unter deinen Wurzeln?«

»Ich fühle nichts«, sagt der alte Baum.

»Schade«, seufzt das Käuzchen. »Und gerade heute ist Weihnachten. Die Menschen freuen sich. Und jeder bekommt ein Geschenk.«

»Ich habe nichts für dich, nicht die kleinste Maus.«
»Du bist mein Geschenk«, ruft das Käuzchen. »Dein Astloch! Schützt mich vor Schnee, Regen, eisigem Wind. Tief kann ich hineinkriechen.«
»Das ist ein Geschenk?« wundert sich die Weide.
»Ein großes Geschenk«, sagt das Käuzchen. »Und was soll ich dir schenken?«
»Nichts«, sagt die alte Weide. »Du bist mein Geschenk.«
Das Käuzchen blinzelt. »Versteh ich nicht.«
»Du wohnst bei mir. Wir unterhalten uns. Ich bin nicht mehr allein.«
»Das ist ein Geschenk?« staunt nun das Käuzchen.
»Ein großes Geschenk«, sagt die alte Weide.

Die Dämmerung wischt das Winterlicht vom Himmel. Es wird dunkler und dunkler.
»Gute Nacht, Käuzchen«, sagt die alte Weide. »Vielen Dank, daß du mein Geschenk bist.«
»Gute Nacht«, gähnt das Käuzchen. »Vielen Dank, alte Weide, für dein Geschenk.« Schon verschwindet es tief in der Baumhöhle. Klirrend springt der Frost über ein Eisloch im Bach.